국화 향기를 읽다

국화 향기를 읽다

김명희 지음

부디 나의 시 밭이 꽃밭이 되어
보는 이에게 힐링이 되었으면 한다

좋은땅

새
책
을
내
며

농부의 마음으로 씨 뿌려 가꾼
알곡 같은 나의 글 기쁘게 수확하여
세상에 내놓는다.

읽을 수 있고 쓸 수 있고
시로 나를 표현할 수 있어 행복하다.

그림을 그린다고 붓을 들었지만
손에서 연필을 놓지 않았다.

부디 나의 시 밭이 꽃밭이 되어
보는 이에게 힐링이 되었으면 한다.

시집을 엮는 데 도움 주신 모든 분께
감사한다.

2022년 1월

1부 / 초대받은 관람객

2부 / 색색의 꽃밭 나비 날아들겠다

3부 / 감정 읽기

4부 / **익을수록 단맛 내며**

1부
———

초대받은 관람객

물망초

나를 잊지 말라는
너의 말을 잊고 있었다

장미의 유혹에
마음을 빼앗겼다

벚꽃의 화사함을
찬미했다

너의 청순함은
보이지 않았다

잊지 말라는 당부의 말을
까맣게 잊고 있었다

오월의 창밖

햇빛이 축복처럼 쏟아지는
오월의 창밖

나뭇잎도 꽃처럼
반짝이며 빛난다

눈부신 빛의 전시
초대받은 관람객이 된다

나의 미래처럼 밝다

제라늄

창밖은 바람 매섭지만
꽃을 피운 제라늄

너의 꽃잎은 립스틱 짙게 바른
여인의 입술이다

너를 나처럼 사랑스럽게
바라보는 겨울 햇살

너의 꽃잎은
추위를 녹일 만큼 뜨겁다

봄꽃

세상을 바꾸는
혁명을 꿈꾸었다

숨죽이며 때를 기다린
동지들은 힘을 합쳤다

시간을 두고 터지는 포탄
불꽃처럼 찬란하다

무혈 쿠데타
고난의 시간은 끝났다

세상은 밝아져 나날이 더해 가는
사랑과 평화

성공이다!!

민들레 막대사탕

가로수 은행나무 아래
민들레 가족 막대사탕
하나씩 들고 있다

엄마 손잡고 지나가던 아이
그 막대사탕 손에 들고
후- 불면

낙하산을 펼치고
멀리- 멀리 새로운 둥지를 찾아
떠나고 있다

민들레 깃털처럼
척박한 땅에 뿌리 내릴지라도
활짝 꽃 피울 수 있다

참나리

어머니 손에 이끌려 이사 온 나리
화분을 보금자리 삼아 꽃 피웠다

주근깨 얼굴을 자랑스럽게 활짝
목젖이 보이도록 크게 웃는다

옆에 있는 채송화가
고개 아프도록 올려다보고 있다

담장에 핀 능소화와 봉숭아와 함께
우리 집 여름 정원을 지키고 있다

분꽃

저녁 산책 길에 만난
이웃집 텃밭 울타리 분꽃

그물로 얼기설기 둘러친
자투리땅 모퉁이

판잣집을 지키는
외로운 가로등처럼 서 있다

얼굴도 마음도 예뻤던
옛 동무 분이 같은 꽃

우리 집 모란

겨울 끝자락을 붙잡고
새움이 돋는 모란

봄의 좋은 소식
전해 준다

보름달 같은 꽃송이
활짝 펼친 초록 치마를 펄럭이며

개나리보다 먼저 봄소식
전하는 우리 집 모란

맨드라미

동네 안마원 오가며 보는
이웃집 담장 밑에 핀 맨드라미

어릴 적 장독 뒤에서 본
닭벼슬 같은 꽃

숨바꼭질할 때 나를 가만히
지켜보던 꽃

햇살 아래 붉은 꽃송이
나의 유년을 불러온다

할미꽃

'코로나19'로 집에만 있던 어느 날
그림반 친구가 카톡에 올린 사진 한 장

솜털을 이고 갈색 솔잎을 헤치고
땅의 창을 열고 있는 새싹

보송보송 수줍은 자태
태어나자마자 할미라 불리는 이름

부르는 이름이 안타까워
구부러진 허리를 일으켜 세우고 싶다

벚꽃 연정

나무는
봄바람의 속삭임에
가슴이 설레었다

나무는
봄비의 부드러움에
가슴이 뛰었다

겨우내 메말랐던 가슴에
생기가 돌았다

주체할 수 없는 기쁨
화사하게 피어난다

코스모스 노래

코스모스는 어울려
함께 모여 있다

노래는 독창이 아니라
합창이다

높아져 가는 파란 하늘 아래
고추잠자리 날고 바람 서늘해지면

들로 산으로 퍼져나가는 음률
내 귀에도 들려온다

코스모스가 노래 부르면
가을은 깊어 간다

무화과

꽃보다 먼저
맺히는 열매

벌 나비 부르지 않고 열매 열린다
잎과 나란히 돋아난다

비밀처럼 감추어져
꽃을 볼 수 없는 나무

익어 달콤한 꽃잎
꿀이 흐른다.

매화

눈보라 속에서도
꽃은 핀다

칼바람도 포근히 안으며
해맑게 웃는 매화

솜털 같은 부드러움 속에
강철 같은 의지를 보여 주고 있다

시련에 굴하지 않고
당당히 맞서는 용기를 닮고 싶다

봄 편지

바람에 실려 온 소식은
봉인되지 않은 엽서로 왔다

따뜻한 안부는
어린 새싹으로

사연은 향기나는
꽃으로

미소로 다가오고 있다
나비처럼

꽃샘추위

꽃샘추위에 오돌오돌
떨고 있는 새싹

얼굴 내민 매화의 입술도
추위에 흔들리고 있다

저 어린 새싹에게
꽃샘추위는 폭력이다

시련을 견뎌야
봄을 맞이할 수 있고
활짝 꽃 피울 수 있는데

힘주어 주먹을 쥐어 본다

능소화

담장 가득히
담쟁이처럼 오르는 꽃

땡볕도 긴 장마도
불평 없이 행복하게 웃고 있다

흙 담장이든 시멘트 담장이든
웃음의 색깔 한결같다

강처럼 굽이굽이
능소화가 담장 위에 흐른다

강아지풀

벚꽃 지면 배롱나무꽃 피는 마을에
강아지풀도 피어난다

동구 밖에서 만난 강아지풀
어릴 적 동무의 귀를 간지럽히던 풀

고무줄놀이 공기놀이로 해지는 줄도 모르고 놀던 동무들
지금은 어디서 무얼 하고 있을까

나처럼 어린 시절을 기억하고 있을까

호박꽃

호박꽃은
벌들의 양식 창고

제집처럼 드나들며
먹을 것을 구한다

아낌없이 내어주는
호박꽃의 넉넉함

후히 베풀고 나누어주어도
호박꽃은 가진 것이 부족하지 않다

백일홍

올림픽 성화처럼 횃불 들었다
여름 경기장을 밝히는 불꽃

주자로 나선 백일홍

비바람도 폭염도 끄떡없이
경기장을 달군다

허리 꼿꼿이 세운
한 치의 흐트러짐 없는 자세로

끓는 열기 동안 밝힌 불
꺼지지 않는다

작은 풀꽃

잎 지고 꽃 진 추운 어느 날
외출에서 돌아와 보았다

집 바깥에 놓인 사각 화분
새끼손톱만 한 노란 풀꽃

봄 여름 가을 볼 수 없었다
겨울 햇살 아래 웃고 있었다

두툼한 노란 외투를 입곤
나는 그와 눈인사 나누었다

작고 여린 노란 풀꽃
마음 따뜻하다

2부
───

색색의 꽃밭 나비 날아들겠다

불청객

아픔을 주던 그대를
멀리 떠나보냈는데

못 잊어 다시 찾아왔는가
오래도록 짝사랑 했는가

다시는
만나고 싶지 않다
그리 일렀건만
또 찾아온 질병이여

너는 영원히 환영 받지 못할 불청객일 뿐

동행콜

부르면 달려온다
집 앞까지 온다

휠체어도 가볍게
태워 준다

병원, 복지관, 시장
어디든 같이 간다

부르면 달려온다
곁으로 온다

그대는 시를 아는가

복지관 버스를 기다리며
시 낭송을 연습할 때
곁에 있는 젊은 남자
시시해 시시해 하며 입을 삐죽거린다

나와 그는 눈이 마주쳤다
그대는 시를 아는가

집 앞 벚나무

봄이면 담장을 넘어
나비처럼 날아오는 꽃잎
마당을 수놓는다

바람에 초록 물결 일렁이는
여름, 보고 있으면
마음에도 파문이 인다

단풍 드는 가을
꽃잎 깔리던 마당
낙엽 눕는다

잎 다 떨군 겨울
나무는 검은 패딩 옷을 입고
추위를 건넌다

꽃 차

말린 꽃잎에 물을 부으면
처음처럼 피어나는 꽃잎

팬지, 장미, 양귀비, 금잔화…

이름만 불러도 사랑스러운 꽃
향기를 마신다

마음을 어루만지던 꽃
몸도 달래 준다

빛이 되던 꽃
소금이 되어 준다

꽃 차를 마시면
내 마음도 향기롭다

컴퓨터실에서

발달 장애인인 그는 컴퓨터실에서
수업을 받고 있다

천천히 두드리는 한글 자판기

글씨는 우리들보다
또박또박 나타났다

어머니가 그를 보호하듯
선생님 사랑도 흠뻑 받았다

선생님이 보이지 않자
눈물을 떨구며 말했다

"선생님 보고 싶어요"

책상 앞에서

어머니가 사준 책상 앞에서
나무의 숨결을 느끼며
나는 숙제를 했다

책상은 나의 생활의 공간
연필과 책과 함께
지금도 나를 떠나지 않는다

살아서도 죽어서도
좋은 것만 주는 나무
늘 곁에서 응원하고 있다

묘목이 자라듯 나는 나무의
도움으로 읽고 쓰며 성장한다
오늘도 책상 앞에서 생각에 잠긴다

노래하는 새

하늘 소식 전하러 땅으로 온 새
천사처럼 날개 달았다

들려줄 소식은 노래라는 듯
나무 위에서 목청 가다듬는다

듣고 있으면 깊은 산 계곡물처럼
맑고 깨끗한 소리

주어진 사명을 열심히 수행하는
이름 모를 가수

지상에서 듣는 천상의 음악
귀가 즐겁다

벽화 마을

벽화가 그려진 바닷가 마을
우목리 죽천에 갔다

바다는 해초의 향기를 벚꽃 잎처럼
날리며 맞이했다

갈매기도 바다 노래를
춤추며 들려주었다

바다 이야기가 살아 숨 쉬듯
생생히 그려진 마을

오월의 나뭇잎처럼 푸른 바다는
일상의 먼지를 씻어 주었다

화실에서

그림을 그렸다
휠체어를 뒤에 두고
드레스를 입고 뛰어가는 한 여자

드레스 입고 뛸 거야 했더니
드레스 사주겠다는 선생님
빌려주겠다는 무명 가수 향숙 씨

그림에서처럼 넓은 초원을
두 다리로 달릴 것이다

약속의 말씀을 믿고
참아 기다리리라

조각보

색동저고리처럼
곱다

보자기로 태어나는
자투리 헝겊 조각

한 땀 한 땀
여인의 땀방울

색색의 꽃밭
나비 날아들겠다

차별과 편견

차별과 편견은
코로나 같은 바이러스

감염되면 목숨을 위협하는
치명적인 병균

인류와 국적 성별이 다르다고
나와 같지 않다는 이유

전염되면 아픔이 되는
차별과 편견

상처

상처도 아물고 나면
당당해지리라

눈물 자국도 시간이 지나면
흔적이 지워지리라

잠 못 들고 뒤척인 밤
터널을 지나고 나면 새 힘 솟으리라

상처도 다이아몬드가 되고
눈물도 진주가 되리라

인내

인내한다는 것은
폭풍 같은 시련

물러서지 않고 당당히 맞서는 것
피하지 않고 이겨 내면

바람은 잔잔해지고
물결은 고요해진다

언덕 저 너머에는
파란 하늘 흰 구름이 기다리고 있다

채송화처럼

채송화처럼 낮은 곳에 있어도
행복한 웃음 잃지 않겠어요

익어 고개 숙인 벼이삭처럼
더욱 자신을 낮추겠어요

꽃잎처럼 화사하게
기쁨 주며 기뻐하겠어요

채송화처럼 당당하게
가슴 가득 미소 잃지 않겠어요

꽃을 보았다

한쪽 수족이 마비된 늙은 남편을
차에 태워 병원으로 복지관으로
휠체어를 밀며 다니는 그녀는
튀어 오르는 물고기처럼 싱싱하다

밥도 아기처럼 떠먹이며 보살피는 그녀
얼굴도 목소리도 봄처럼 따뜻하다

어느 순간 나는 그녀가
꽃으로 보였다

그녀는 꽃이었다
나는 꽃을 보았다

동백

보라!
저 강인함을
추위를 두려워하지 않고
눈을 이고 웃고 있다

보라!
저 부지런함을
이른 새벽
먼저 일어나 불 밝혀 놓는다

어둠을 깨고 여명을 여는 저 당찬 힘
아침을 연다

복지관 버스

불편한 우리들을 태우고
복지관 버스는 달린다

저마다 사연은 다르지만
같은 목적지를 향해 가는 아침

손도 발도 묶이고 말도 못 하는 청년
비옷을 입고 나타날 때면 완전무장한 군인 같다

전직 해병대 출신 뇌경색 할아버지
차에 오르며 하는 인사 우렁차다

불편한 우리들을 태우고
버스는 달린다

순수한 청년

그는 항상 웃으며 인사한다
안녕하세요

새끼처럼 꼬인 손과 발
묶인 듯한 몸

인큐베이터에서 나온 후
한 번도 걸어보지 못했다는 청년

해바라기처럼 밝은 얼굴
이슬처럼 순수한 눈빛

볼 때마다 하는 인사
안녕하세요!

오뚜기 아가씨

코스모스처럼 가녀린
뇌성마비 아가씨

바람 불지 않아도 흔들린다
넘어져도 다시 일어나는 오뚜기 같은 아가씨

언어도 걸음처럼 흔들리는
코스모스처럼 청순한 아가씨

버스에서 내리면 마중 나온 아버지
강아지도 휠체어에서 꼬리 치고 있었다

하회마을

버스에서 내려 바라본 산새는
한복 저고리 선처럼 고왔다

고요가 학처럼 내려앉은
역사 깊은 마을

옛사람들이 살던 초가집과 기와집
발걸음 오갔을 골목길

조상의 얼이 깃든
감자가 꽃피는 마을
나의 옛 살던 집이 그곳에 있었다

과메기

바람에 말라 가고 있다
헤엄치던 날렵한 몸은
붉은 속살을 드러낸 채
꾸덕꾸덕
빨래처럼 걸려 겨울을 그린다

바람에 익어 가고 있다
한 몸 같은 바다를 눈앞에 두고
뛰어들지 못한 채
꾸덕꾸덕
꼬리를 치켜들고 겨울을 약속한다

구룡포 바다
덕장, 한철 손놀림이 바쁘다

3 부

———

감정 읽기

복숭아

태양 빛을 받아 잘 익은 복숭아
입안 가득 햇살 터진다

빗물 흠뻑 마신 잘 익은 복숭아
입안 가득 샘물 고인다

솜털 보송보송 잘 익은 복숭아
여름을 건너는 징검다리

아이스크림처럼 베어 먹으면
입안 가득 기쁨의 강 흐른다

거리 두기

바이러스가 지구를 점령하려 하고 있다
소리도 없이 넘어와서 전파하려 하고 있다

너도나도 수술하는 의사처럼
마스크를 하고 거리 두기를 하고 있다

사람은 만나야 정이 들고
부딪치는 풍경이 아름다운데

양처럼 모이지 말고
염소처럼 흩어져야 한다니

포항 지진

믿고 있었다

하늘의 표정은 변할 수 있어도
딛고 있는 땅은 바위처럼 굳건하리라고

지진은 먼 나라 이야기인 줄 알았다
나뭇잎처럼 흔들렸다

약속은 깨어지고
신뢰는 무너졌다

감정 읽기

글처럼 읽는
당신의 마음

햇살에 웃음 짓는
꽃잎의 행복 같은
기쁨을 읽는다

글처럼 읽는
당신의 마음

비에 젖어 울고 있는
꽃잎의 눈물 같은
슬픔을 읽는다

햇빛 반짝이고 비 내리는
당신의 마음을 읽는다

입춘

잔설 있는 화단 돌 틈 사이
고개 내민 원추리 새싹

언 땅을 뚫고 올라온 너의 힘
여리지만 강하다

작은 힘으로 겨울을 밀어내고
봄을 불러온다

연둣빛은 봄빛
잔설이 녹고 있다

밧줄

밧줄에 의지해 고층 유리창을 닦는 사람
나의 숨결이 떨리고 있다

줄은 하나 생명줄
안전을 믿고 허공에 매달렸을 그 사람

갑자기 뚝 끊어져 저 아래 땅으로
곤두박질쳤다고 한다

남편과 아버지를 잃고
울고 있는 가족

현실이라는 벽에 매달려 사는 목숨
예기치 않게 끊어질 수 있다

소와 농부

농부가 소를 앞세워
쟁기질하는 사진 한 장
과거로 나를 데려간다

이 산 저 산 진달래 피면
이모부는 봄을 뿌리려
겨울을 갈아엎었다

하굣길에 소달구지 만나면
우리들은 느린 걸음에 실려
집으로 왔다

소가 새끼를 낳던 날
송아지는 태어나 이내
일어서 뛰어다녔다

쟁기질하는 사진 한 장에
나의 어린 시간이 있다

탈레반의 양귀비

드넓은 땅에는 온통 양귀비
바람이 부는 대로 몸을 흔든다

양귀비는
터번을 두르고
수염을 길게 기른
남자들이 지배하는 나라에서
아편이 되어
탈레반의 자금이 되고
총과 포탄이 된다

그 총부리는 여자들에게도 향하여
종교라는 이름으로 부르카를 입히고
직업의 자유를 금한다
부당하다 맞서는 여인들
용기 있는 목소리에 번지는 눈물

어쩌면 저들이 진짜 양귀비

바람에 흔들릴지라도 무너지지 않는
당당한 자태로 향기를 퍼뜨리는

석류

나무에 주렁주렁
무엇이 담겨 있을까

궁금하여 자주 쳐다보며
그 앞을 서성였다

가을이 되어 툭 터진 그곳에는
비밀인 양 감추었던
바람과 햇살이 익혔을
잘 여문 보석들이 알알이 박혀 있다

그대여!
내 가슴속에도
보석 같은 꿈들이 가득하다

흙탕물

비를 몰고 온 태풍은
시냇물을 흙탕물로 만들었다

냇가에서 놀던 나는
놀이터를 잃어버렸다

양같이 순하던 개울은
먹이를 발견한 사자가 되었다

태풍에 상처 입은 나의 놀이터
그러나 이내 회복된 모습으로
나에게 돌아왔다

감나무

바람이 놀던 나뭇가지에
아기의 젖니같이 새싹 돋는 봄

잎새 푸르러지는 여름
꽃이 피면

하와이 여자처럼 꽃목걸이
만들며 놀았지

마당에 감나무 한 그루
가을꽃을 매달고 있다

나무야

나무야 여름날 무성한
너의 이파리 아름답구나!

봄날 나뭇가지에 돋은 새잎
또한 꽃잎 같구나!

나무야 단풍 든 가을도
벚꽃인 듯 본다

종이 위에 이 글을 쓰는 것도
너의 희생이 있기 때문이다

지금은 겨울
간밤에 내린 눈으로
가지 위에 하얀 꽃 피었다

책을 펼치면

책을 펼치면
숲의 숨결이 느껴진다

한 장 한 장 넘길 때마다
일어서는 푸른 향기

새소리 바람 소리
들이치는 햇빛이 반긴다

종이에 새겨진 무수한 활자들
나를 살찌운다

이마를 짚는 손

내가 열이 날 때
이마를 짚어 주는 손
염려하는 마음도 얹어

내가 아플 때
진통제를 주는 손
걱정해 주는 마음도 같이

위로와 힘을 준다

할아버지 집

담장에 빨간 등대가 그려진 할아버지 집
바다를 안은 별장 같다

굵은 주름에는 어부의 삶이
도장처럼 새겨져 있다

바다는 보석 같은 윤슬이 있고
할아버지의 집에는
슈베르트의 겨울 나그네 같은 음률이 흐르고 있다

담장의 등대처럼 살아온 할아버지
갯바위 파도도 가슴으로 끌어안는 집

* 윤슬: 햇빛에 반짝이는 잔물결

하늬바람

바람 불어온다
위로처럼 선물처럼

농부의 땀방울을 닦아 주다가
어부의 팔뚝에 힘을 솟게 하는 바람

돛대를 지나 들녘을 건너
빌딩 숲이 있는 도시까지 왔다

샘물처럼 상쾌한 바람 불면
매미 소리 찾아온다

초록 나라

풀잎은
바람교의 신도들

말씀을 목숨처럼 받들며
순종한다

명령에 절대 복종
이의를 달지 않는 양 떼 같은 백성들

바람의 말씀을 경전처럼 따르며
낮게 엎드린다

봄비

겨울잠을 깨우는 봄비 소리에
진달래 꽃잎은 가만히 눈을 뜬다

봄비 따라 나뭇가지도 아기의 젖니 같은
새싹을 틔우고

늦잠 자는 아이 이불 걷는 어머니같이
어서 빨리 일어나라고 재촉하는 봄비

겨우내 얼었던 마음들도
진달래처럼 화사하게 피어난다

태화강

너와 헤어진 후
나는 네가 그리웠다

눈 감으면 떠오르는 맑은 물줄기
빨랫방망이 소리 들렸다

너의 너른 품에서
우리들은 헤엄치고 썰매 타고 놀았다

십 리 대숲 여행에서 만난 너는
과거를 잊은 듯 깨끗했다

백로가 날개를 활짝 펴고 날아올랐다
나의 추억처럼

황사

습격이다
공습경보도 없이

밀물처럼 막을 수 없는
황색 군대의 공격

무방비로 있는
평화로운 땅을 침범한다

침략에 맞서
사람도 장독대의 항아리도 입을 닫는다

참새

창밖 대추나무 빈 가지에 참새 날아와
재잘재잘

올 때도 갈 때도 한꺼번에
재잘재잘

걱정 근심 없이 언제나 즐겁게
재잘재잘

추운 겨울 무얼 먹을까
공연히 걱정스러운 내 마음

산불

어느 봄날 산불이 났다
나가 보았다

자욱한 연기는 마을을 덮고
불기둥은 화산처럼 솟아올랐다

사람들은 놀라 뛰어다니고
해는 토끼의 눈처럼 빨개졌다

타닥타닥 이 산 저 산 뛰어다니는
불의 발걸음

바람 등에 올라타 더욱 기세를 올린다

파도

하얀 물거품 일으키며
달려오고 있다

끝없이 달려올 것 같지만
멈추어 서는 파도

모래사장을 넘지 않는다
경계를 지킨다

겸허하게 자신의 한계를 아는 파도
선을 넘지 않는다

새 날

검은 장막 걷히고
점점 밝아 오는 빛
마침내 우뚝 서다

아침이다

날마다 처음처럼 새롭고
세수한 소녀의 얼굴처럼 깨끗하다

나의 창을 두드리는 새소리
나를 깨운다

네 잎 크로바

잎은 세 잎
네 잎을 찾는다

찾아야 보이는
별빛 같은 반짝임

광맥을 찾듯
두 눈 빛낸다

네 잎 같은 장애
행운일 수 있을까

4 부

익을수록 단맛 내며

국화 향기

이웃에 안마사가 이사 왔다
어느 날 안마원에 들어가니
나를 보며 향기를 건네는 국화
안마원처럼 나의 마음도 밝아졌다
노란 국화가 생기를 잃을 즈음
나는 우리 집 정원에 핀 연보라 국화를 가져갔다
손을 씻고 차를 마실 때
국화 향기도 마신다는 안마원 원장

국화 향기를 좋아하는 그녀와
하루는 국화 이야기를 했다
지난 주말 남편과 수목원에 갔었다며
꽃이 예뻤다고 하는 것이 아닌가!
순간 나도 모르게 웃고 말았다
"왜 웃어요? 보이지 않는데 어떻게 아는가 해서지요?"
아차, 당황해 하는데
"남편이 설명해주고 만지게 하면 기억을 떠올려요"

나는 국화꽃 밭에서 남편의 손을 잡고
향기를 맡는 그녀의 행복한 얼굴을 그려 보았다

뱃고동 소리

뱃고동 소리 듣는다
먼 섬 울릉도로 떠나는 배
바람을 가르며 부- 웅

한 마리 고래처럼 푸른 물결을 헤치고
하얀 물보라를 일으키며 달려가고 있다

방안에 누워 듣고 있으면
먼 섬 울릉도가 손에 잡힐 듯 가까워진다

터널

캄캄하다
어느 순간 앞을 가로막는 어둠
빛이 보이지 않는다

그러나 멈출 수 없다
나아가야 한다
힘을 내야 한다

겁먹거나 물러서지 말고
헤쳐 나가야 한다

살며 마주치는 칠흑 같은 절망
힘써 이겨 내면 희망은 있다

그대의 미소

꽃잎 같은 입술 벙글어지면
박꽃처럼 환한 얼굴

눈 속에 핀 매화 같기도 하고
복수초 같기도 한 얼굴

얼어붙은 가슴을 녹이고 있다
아지랑이처럼 따뜻하게

눈을 살며시 감고 그려보는 얼굴
별처럼 반짝이는 추억 하나

가을 길

코스모스는
나의 가을이었다

몸을 한들한들 흔들며
사열하듯 줄지어 서서 길을 열어 주었다

우리는 콧노래 부르며
가방을 흔들며 꽃길을 걸어 학교에 갔다

코스모스를 보면
늘 꽃길만 걸을 줄 알았던
그때의 동무들 생각난다

디딤돌

걸림돌을 디딤돌로
삼으리라

눈을 헤집고 솟구치는
복수초처럼

태풍 후의 파란 하늘처럼
희망을 노래하리라

익어 향기로운 보람의 결실
열매 맺으리라

걸림돌을 발판으로
딛고 일어서리라

나비를 꿈꾸며

꿈틀거리며 땅을 기는 한 마리 애벌레였을 때
두 날개에 자유를 실어 나는 꿈

눈부신 햇빛 받으며 세상을 무대로
무희가 되는 꿈

산 넘고 물 건너 멀리멀리
여행하는 꿈

웨딩드레스 입은 꽃과 하나 되어
어울리는 꿈

나비를 꿈꾸었다

풍경 1(쪽파 파는 할머니)

차창 밖의 풍경 하나
나를 끌어당긴다

비가 내리는 죽도시장 모퉁이
비옷을 입고 파를 다듬고 있다

몇 단의 쪽파를 파는 할머니
춥지 않을까
자녀는 있을까

얼른 차에서 내려
몽땅 팔아주고 싶었다

풍경 2(과일 파는 할머니)

찬바람 부는 거리
차들은 어디론가 달려가고
사람들은 두꺼운 옷을 입고 바삐 걸어가는
인도 한 편
사과, 귤, 배, 감 앞에 놓고
경비병처럼 지키는 할머니

할머니의 과일은
겨울 거리에 꽃으로 피어 있다

벽화

바다 저 너머 포항종합제철이
보이는 어촌 마을
우리는 담장에 그림을 그렸다

과메기 말리는 사람이 있고
해초 사이를 노니는 물고기가 있고
고래가 헤엄치고 인어공주가 있다

평생 어부로 살아온 노인과 바다 같은
할아버지의 미소와 해녀 할머니의 소금보다
짠 눈물도 있다

담장에는 꽃도 피어 있다

부엌에서 나는 소리

오늘도 부엌에는 압력밥솥에서
밥이 지어지고 도마 소리 들린다

장미보다 향기로운 밥 짓는 내음
맥박처럼 힘찬 도마 소리

밥과 반찬이 만들어지는 부엌
가족이 모이는 식탁이 있다

오늘도 부엌에서는 밥처럼
향기로운 사랑이 익어간다

흰머리 염색

하얗게 센 어머니 머리카락
염색을 한다

그때마다 듣는 이야기
"늙은 양도 서럽지만 세는 양은 더욱 섧다"

어머니 할머니께서 하신 이야기
염색을 할 때면 듣고 있다

늙는 것은
자연스러운 것이 아니라 서러운 것

소금

성성하던 파란 바다는
쉰 머리처럼 하얗게 변했다

바람과 햇볕에 바래어
갑자기 늙어 버렸다

고향을 떠나
세상 풍파 겪었다

노인의 지혜처럼 귀중한 소금
음식에도 말에도 꼭 있어야 한다

황금빛 호박

방 안의 늙은 호박 몇 덩이
겨울을 함께 한다

골 깊은 주름에서
인고의 시간을 보여 주고 있다

푸른 젊음의 당당한 모습을
황금빛 호박에서 찾는다

익을수록 단맛 내며 사랑받는
호박 같은 삶을 살아야겠다

할머니의 봄

차창 밖으로 보이는 할머니
봄을 펼쳐 놓았다

버들강아지 눈빛 같은 봄
치맛자락에 따라온다

주름진 얼굴에 찾아온 봄
초록으로 싱싱하다

거리도 사람도 할머니의 봄으로
환해진다

겨울비

오늘같이 겨울비 오는 날이면
아기 업은 이모와 보리밭 사이로
걸어가는 어린 내가 보인다

겨울에 비가 왜 오는지 궁금해하는
나에게 이모는 말했다

"보리가 자라야 한단다"

보리는 비를 맞으며 방긋방긋
웃는 듯했다

지금도 보리는 푸르게 자라지만
이모는 늙어 쇠약해졌다

바다 저 너머

벽화를 그리려 간 바닷가 마을
햇빛 반짝이는 아침 바다에 갈매기 날아올랐다
핸드폰에 담아 본 바다는 온갖 보석을 깔아 놓은 듯했다
배 몇 척이 소품처럼 떠 있는
바다 저 너머에는 동화 속의 섬처럼 포항제철이 보였다

나는 바다를 그렸다
물결치는 파란 바다와 포항종합제철을 그렸다
그곳에는 쇳물이 펄펄 끓고 있겠지만
바다를 사이에 두고 멀리서 바라본 공장은 침묵처럼
고요했다

그리는 동안 나의 마음에도 파도가 일어서고
용광로처럼 뜨거웠다

공모전에 출품했다
결과는 '서양화 부문 대상!'
바다가 성큼 다가왔다

도시의 가로수

아스팔트가 강으로 흐르는 거리
사관생도처럼 서 있는 나무들

맡은 임무는
거리를 푸르게 공기는 맑게

휴일도 없고 밤낮이 없는데
아무 대가도 없다

나무들은 도시의 칙칙한
낮을 밝히는 푸른 등불

좋은 선물

어제는 구름이 보냈습니다
메마른 땅에 촉촉한 단비

오늘은 해님이 보냈습니다
어두운 땅을 밝히는 빛

대가 없이 주는 자연의 선물
소중합니다

나 역시 선물이 되고 싶습니다
자연 같은 선물이 되고 싶습니다

윤슬

햇빛 받아 반짝이는 아침 바다는
그대의 눈빛

보석처럼 빛나는
사랑의 마음

아침 바다에 햇살 찾아오면
나는 꽃잎처럼 흔들린다

흥해 들녘

트랙터 소리 그친
흥해 들녘

땅은 잠에 든 듯 조용하다
새 힘을 충전하리라

참새 떼 쫓던 허수아비도
꿈나라에 들었다

철새 떼 하늘 높이 날아오르는 들녘
지금은 눈발 날리지만 봄을 기다리고 있다

두레박

당신의 마음은
깊은 우물

나는 두레박을
내려 길어 올린다

흐르지 않는 눈물
상처와 아픔

우물보다 깊은 마음
두레박을 내린다

산기슭 집 한 채

집에서 신호등 건너 산기슭
산책 길 있다

우람한 산 그림자를
한 아름 안을 듯한 집 한 채

"공기 좋은 곳에 사시네요"
"산새 소리 들리고 아카시아 향기도 있습니다"

'철학원도사'라는 간판을 걸고
삶을 꾸려 가는 호젓해 보이는 집

새소리 있고 꽃향기 있고
바람도 쉬었다 가는 집

어머니 사랑

눈동자 굴리는 것 말고는
아무것도 할 수 없는 아들을 보살피는 어머니

생후 8개월부터 시작하여
30세가 된 지금까지 계속되고 있다

자식은 단 한 사람 준형이뿐
고등학교까지 졸업시켰다고 한다

전염병으로 한동안 못 보았던 모자
어저께 만나 초콜릿을 건넸다
눈을 헤치고 피어나는 복수초 같은 어머니
준서 어머니!

후회

태엽을 감듯 지난 일
되돌아본다

뒤늦게 깨달은 실수
잘못을 반성한다

나의 말이 가시가 되어
피 흘리지 않았는지

도끼가 되어
나무에 상처를 입히지 않았는지

흘러간 강물일지라도
교훈은 남는다

후회는 다시 우는 것

국화 향기를 읽다

ⓒ 김명희, 2022

초판 1쇄 발행 2022년 3월 25일

지은이   김명희
펴낸이   이기봉
편집   좋은땅 편집팀
펴낸곳   도서출판 좋은땅
주소   서울특별시 마포구 양화로12길 26 지월드빌딩 (서교동 395-7)
전화   02)374-8616~7
팩스   02)374-8614
이메일   gworldbook@naver.com
홈페이지   www.g-world.co.kr

ISBN   979-11-388-0785-2 (03810)